La Vénus d'Ille

FichesdeLecture.com

La Vénus d'Ille (Fiche de lecture)

I. INTRODUCTION

Ce récit de Mérimée est une nouvelle fantastique, publiée en 1837, deux ans après son écriture.

II. RÉSUMÉ

Premier jour

Le narrateur, archéologue de métier, se rend à Ille, une ville du Roussillon. Il est accompagné d'un guide et vient rencontrer M.de Peyrehorade, antiquaire pour sa part, afin qu'il lui présente les ruines antiques de la région. Ce dernier a en effet découvert par hasard une statue de Vénus, datant probablement de l'époque romaine. La statue suscite des inquiétudes chez ceux qui l'ont vue : elle a des yeux blancs angoissants et a provoqué un accident en tombant sur l'un des ouvriers présents pour l'exhumer, Jean Coll. Le narrateur apprend également que M. de Peyrehorade est sur le point de marier son fils Alphonse avec Mademoiselle de Puygarrig, une jeune fille fortunée. Après un accueil chaleureux à Ille, le narrateur dîne avec les Peyrehorade où il rencontre Alphonse, dont il a une impression plutôt négative. L'intérêt de M. de Peyrehorade ne se porte pas sur le mariage, mais plutôt sur la statue qui le fascine. Il propose donc au narrateur d'aller la voir le lendemain. Celui-ci se rend ensuite dans sa chambre, de laquelle il ouvre la fenêtre et aperçoit la statue. Une scène étrange a alors lieu : deux jeunes garçons interpellent la sculpture et lui jettent une pierre ; celle-ci rebondit revient frapper l'auteur du jet qui, effrayé, s'enfuit.

Second jour

Le lendemain matin, le narrateur est réveillé par un Monsieur de Peyrehorade enthousiaste à l'idée de montrer sa Vénus à l'archéologue. Malgré ses magnifiques traits, son visage est dur, et l'antiquaire fait alors remarquer au narrateur l'étrange inscription sur le socle : « *Cave amantem* », ou « Prends garde à toi si elle t'aime » (qui n'est qu'une possibilité de traduction parmi d'autres). D'autres inscriptions sont présentes sur la Vénus, notamment sur son bras droit. Les discussions à ce propos sont animées, bien que le narrateur se refuse à contredire trop ouvertement son hôte, quelque peu fantaisiste. Ils rentrent ensuite déjeuner. Après le repas, Alphonse discute avec le narrateur, évoquant sa fiancée pour laquelle il n'a apparemment pas de sentiments. À cette occasion, il lui montre aussi une jolie bague chevaleresque sertie de diamants.

Le dîner du même jour a lieu chez les parents de la jeune femme, les Puygarrig. Le narrateur éprouve une certaine admiration pour la promise et la compare même à Vénus. Lors du retour à Ille, la discussion porte sur le mariage prévu le lendemain. Le narrateur s'étonne qu'il ait lieu un vendredi, puisque ce jour porte malheur d'après une superstition. Mme de Peyrehorade l'approuve et est d'ailleurs contrariée à ce sujet. Son mari, lui, répond que vendredi étant « le jour de Vénus », c'est une date idéale.

Troisième jour

Ce jour est celui du mariage. Le narrateur se lance dans un portrait de la statue, tandis que M. de Peyrehorade dispose des roses aux pieds de la Vénus en lui demandant de protéger le nouveau couple. Alphonse surgit alors, apprêté pour la noce. Il assiste à une partie de jeu de paume opposant des joueurs locaux à une équipe espagnole. Ces derniers menant le jeu, Alphonse veut intervenir dans la partie ; or sa bague le gêne et, la retirant de son doigt, il la passe à celui de la statue. L'équipe locale se met soudain à gagner. Le capitaine espagnol, vexé, déclare alors « Me lo pagaras » : « tu me le paieras ». Alphonse remonte dans sa calèche pour assister au mariage. Mais le long du parcours, il s'aperçoit qu'il a oublié la bague. Ne voulant paraître ridicule aux yeux de l'assistance, il décide qu'au final, une autre bague fera très bien l'affaire, et plus précisément la sienne, offerte par une ancienne maîtresse. La cérémonie est suivie d'un déjeuner chez les Puygarrig, puis d'une réception le soir même chez les Peyrehorade. Le narrateur est choqué d'entendre des hommes de l'assistance, dont M. de Peyrehorade, faire des plaisanteries grivoises sur la mariée. Au cours du même dîner, Alphonse confie au narrateur, angoissé, que sa bague est coincée sur le doigt de la statue. Il pense que celle-ci a replié son doigt ; face au narrateur qui en doute, Alphonse lui demande d'aller voir cela en personne. Mais l'archéologue pense simplement que le marié a trop bu, et va donc se coucher sans vérifier ses dires. Une fois dans sa chambre, il a une longue méditation sur le mariage.

DERNIER JOUR

La nuit est très agitée. Le narrateur entend des pas dans l'escalier, d'abord légers, puis beaucoup plus lourds. Ils attribuent ceux-ci à la jeune mariée d'abord, puis à son époux. Mais le matin, alors que les pas pesants se font de nouveau entendre, il se lève précipitamment au son des cris et des plaintes qui s'ensuivent. Il trouve alors Alphonse gisant sur le lit nuptial, le corps couvert de contusions. Sa femme fait une crise d'hystérie. Il n'y a pas de sang sur le corps du marié, malgré la violence apparente du meurtre. En continuant ses investigations, l'archéologue trouve sur le tapis la bague de diamants qui était restée sur le doigt de la statue. Ses soupçons se portent sur le capitaine espagnol, mais il n'a pas de preuve pour l'accuser. Aucune trace d'effraction n'est visible et les seules empreintes qu'il puisse relever mènent à la Vénus, qui a désormais une expression à la fois terrifiante et réjouie.

Le narrateur fait sa déposition auprès du procureur qui lui annonce que Mme Alphonse est devenue folle. En effet, elle lui a déclaré qu'après s'être couchée la première, elle a entendu quelqu'un rentrer dans la chambre nuptiale. Pensant que c'était son mari, elle a été surprise lorsqu'elle a senti un corps glacé dans le lit. Plus tard, une seconde personne est entrée dans la chambre et a déclaré « Bonsoir, ma petite femme ». C'est alors que la mariée déclare avoir vu la statue qui était dans son lit enserrer son mari jusqu'à l'étouffement. Elle s'est alors évanouie, ne retrouvant ses esprits qu'au petit matin, au moment même où la statue quittait la chambre.

Le capitaine de l'équipe espagnole est convoqué par le procureur, mais il fournit un alibi fiable qui le disculpe. Le narrateur refuse d'envisager la piste du surnaturel dans toute cette affaire. Après l'enterrement, il rentre à Paris.

Mais quelques mois plus tard, il apprend la mort de M. de Peyrehorade… sa veuve a ordonné de faire fondre la statue en cloche, afin de mettre fin à la malédiction. Mais depuis que cette cloche sonne, les vignes d'Ille ont déjà gelé deux fois.

III. PERSONNAGES

Le narrateur

Archéologue parisien, son nom n'apparaît jamais dans le récit. Il est très bien accueilli par M. de Peyrehorade, mais ne peut s'empêcher de regarder « ces honnêtes provinciaux » avec une certaine condescendance. Alors qu'il s'attachait simplement à satisfaire sa passion pour l'archéologie, le narrateur se retrouve plongé au cœur d'un drame. Il garde cependant ses distances puisque, sans approfondir ses recherches sur le meurtre, il retourne à Paris.

M. de Peyrehorade

Notable cultivé d'Ille, M. de Peyrehorade est antiquaire. C'est un bourgeois provincial fortuné qui accueille très chaleureusement le narrateur. Il se prend volontiers pour un savant. Toujours gai, joyeux, bon vivant, il aime plaisanter de tout, mais son humour n'est pas très subtil (on le voit au mariage). Il est en grande admiration devant la Vénus découverte sur ses terres. Mais la mort de son fils le transforme totalement : il meurt d'ailleurs quelques mois après lui, devenu entre-temps « un pauvre vieillard ».

Alphonse de Peyrehorade

C'est le fils de M. de Peyrehorade. Il a vingt-six ans et un physique avantageux. Mais il est aussi égoïste, aime la vie facile et est très fier de ses possessions (vêtements, chevaux…). Il est surtout intéressé par l'argent, bien plus que par sa fiancée. Le jeu de paume, l'une de ses passions, révèle un autre de ses penchants : l'absence de modestie. Il a un côté « dandy » dans cette œuvre.

Mlle de Puygarrig

Mlle de Puygarrig est une jeune fille (dix-huit ans) fortunée de la région, belle et raffinée, et promise à Alphonse qu'elle épouse à la fin de la nouvelle. Bien éduquée, elle est cependant considérée comme folle par les témoins après la tragédie survenue lors de la nuit de noces.

Mme de Peyrehorade

Âgée d'une cinquantaine d'années, elle est l'épouse de M. de Peyrehorade. Elle incarne l'étroitesse d'esprit de la bourgeoisie provinciale. Son allure n'est pas très élégante, elle ne travaille pas et n'est pas très instruite (notamment dans le domaine de l'art). Elle est cependant prévenante et s'occupe avec attention de ses invités. À la différence de son mari, elle se méfie de la Vénus : « *Savez-vous (dit M. de Peyrehorade au narrateur), que ma femme voulait que je fondisse ma statue pour en faire une cloche à l'église ?* »). On voit ici qu'elle est superstitieuse et croyante.

IV. THÈMES

Le fantastique est un genre littéraire dans lequel un ou plusieurs éléments surnaturels viennent perturber l'ordre rationnel des choses. C'est une « *intrusion brutale du mystère dans le cadre de la vie réelle.* " (M.Castex) Dans le récit de Mérimée, ce genre se construit à travers plusieurs éléments. D'abord par **l'ambiguïté de la statue** : son aspect est troublant, car malgré sa grande beauté « *Il y a dans son expression quelque chose de féroce* », une méchanceté certaine. Viennent ensuite les inscriptions sur son corps qui ne permettent pas de lever le mystère. Ainsi la traduction de *Cave Amantem* peut être discutée... Enfin, elle divise les personnages dans leur appréciation. Certains l'adulent (M. de Peyrehorade), d'autres pourraient la détruire (les ouvriers). La statue provoque donc des réactions irrationnelles qui facilitent la mise en place d'un récit fantastique. Ensuite viennent des **effets d'annonce** importants pour le genre. Ainsi des indices semblent indiquer la mort d'Alphonse bien avant qu'elle n'ait lieu. Ces indices passent par le personnage de son père, qui fait des citations latines au contexte tragique telles que « *Veneris nec praemia noris* » (« Tu ne connaîtras pas les faveurs de Vénus. ») ; ou encore il s'attache au jour maudit du vendredi, puis compare la mariée à la statue (« les deux Vénus »), les mettant déjà en rivalité. Enfin, le fantastique passe par **des faits étranges** : la bague qui reste coincée au doigt de Vénus, la pierre qui ricoche sur la statue, le gel des vignes... la force du récit fantastique, c'est ici de pouvoir **proposer des explications rationnelles et irrationnelles aux mêmes éléments, plongeant le lecteur et les personnages dans le doute.** D'ailleurs, le narrateur ne déclare jamais avoir été témoin de la statue qui s'anime...

Une nouvelle très ancrée dans le réel

La Vénus d'Ille n'est pas seulement une nouvelle fantastique : l'étude de son contexte d'écriture et de la vie de Mérimée montre à quel point elle **s'inspire de la réalité**. Ainsi, Mérimée a eu l'idée de cette nouvelle lors de son voyage dans le Roussillon en 1834. Il y avait découvert un site antique où des fouilles archéologiques avaient révélé un temple antique dédié à Vénus. (Il a d'ailleurs été Inspecteur des Monuments Historiques). De plus, la ville d'Ille est en fait inspirée d'Ille-sur-la-Têt, une petite ville de Catalogne. Mérimée a visité cette région au cours de son voyage dans le midi de la France entre le 12 et le 14 novembre 1834.

Concernant le narrateur, de nombreux critiques se sont posé cette question : **et s'il s'agissait de Mérimée lui-même ?** Certains éléments pourraient le laisser penser : le narrateur dessine/ Mérimée a pris des cours de dessin avec son père qui était peintre ; il voyage dans le Midi, nous avons vu que c'était le cas de l'auteur ; les deux ont une connaissance approfondie des langues anciennes et écrivent des romans ; célibataires, parisiens, réservés, ils ont peu de sympathie pour la religion catholique... beaucoup de points communs, donc, qui ont entretenu le doute.

Finalement, la richesse de cette nouvelle fantastique provient du goût pour le mystère de son auteur. La devise de Mérimée n'était-elle pas, en effet, « Souviens-toi de te méfier » ?

Dans la même collection en numérique

Les Misérables
Le messager d'Athènes
Candide
L'Etranger
Rhinocéros
Antigone
Le père Goriot
La Peste
Balzac et la petite tailleuse chinoise
Le Roi Arthur
L'Avare
Pierre et Jean
L'Homme qui a séduit le soleil
Alcools
L'Affaire Caïus
La gloire de mon père
L'Ordinatueur
Le médecin malgré lui
La rivière à l'envers - Tomek
Le Journal d'Anne Frank
Le monde perdu
Le royaume de Kensuké
Un Sac De Billes
Baby-sitter blues
Le fantôme de maître Guillemin
Trois contes
Kamo, l'agence Babel
Le Garçon en pyjama rayé
Les Contemplations

Escadrille 80
Inconnu à cette adresse
La controverse de Valladolid
Les Vilains petits canards
Une partie de campagne
Cahier d'un retour au pays natal
Dora Bruder
L'Enfant et la rivière
Moderato Cantabile
Alice au pays des merveilles
Le faucon déniché
Une vie
Chronique des Indiens Guayaki
Je voudrais que quelqu'un m'attende quelque part
La nuit de Valognes
Œdipe
Disparition Programmée
Education européenne
L'auberge rouge
L'Illiade
Le voyage de Monsieur Perrichon
Lucrèce Borgia
Paul et Virginie
Ursule Mirouët
Discours sur les fondements de l'inégalité
L'adversaire
La petite Fadette
La prochaine fois
Le blé en herbe
Le Mystère de la Chambre Jaune
Les Hauts des Hurlevent
Les perses
Mondo et autres histoires
Vingt mille lieues sous les mers
99 francs
Arria Marcella
Chante Luna

Emile, ou de l'éducation
Histoires extraordinaires
L'homme invisible
La bibliothécaire
La cicatrice
La croix des pauvres
La fille du capitaine
Le Crime de l'Orient-Express
Le Faucon malté
Le hussard sur le toit
Le Livre dont vous êtes la victime
Les cinq écus de Bretagne
No pasarán, le jeu
Quand j'avais cinq ans je m'ai tué
Si tu veux être mon amie
Tristan et Iseult
Une bouteille dans la mer de Gaza
Cent ans de solitude
Contes à l'envers
Contes et nouvelles en vers
Dalva
Jean de Florette
L'homme qui voulait être heureux
L'île mystérieuse
La Dame aux camélias
La petite sirène
La planète des singes
La Religieuse
1984 A l'Ouest rien de nouveau
Aliocha
Andromaque
Au bonheur des dames
Bel ami
Bérénice
Caligula
Cannibale
Carmen

Chronique d'une mort annoncée
Contes des frères Grimm
Cyrano de Bergerac
Des souris et des hommes
Deux ans de vacances
Dom Juan
Electre
En attendant Godot
Enfance
Eugénie Grandet
Fahrenheit 451
Fin de partie
Frankenstein
Gargantua
Germinal
Hamlet
Horace
Huis Clos
Jacques le fataliste
Jane Eyre
Knock
L'homme qui rit
La Bête humaine
La Cantatrice Chauve
La chartreuse de Parme
La cousine Bette
La Curée
La Farce de Maitre Pathelin
La ferme des animaux
La guerre de Troie n'aura pas lieu
La leçon
La Machine Infernale
La métamorphose
La mort du roi Tsongor
La nuit des temps
La nuit du renard
La Parure

La peau de chagrin
La Petite Fille de Monsieur Linh
La Photo qui tue
La Plage d'Ostende
La princesse de Clèves
La promesse de l'aube
La Vénus d'Ille
La vie devant soi
L'alchimiste
L'Amant
L'Ami retrouvé
L'appel de la forêt
L'assassin habite au 21
L'assommoir
L'attentat
L'attrape-coeurs
Le Bal
Le Barbier de Séville
Le Bourgeois Gentilhomme
Le Capitaine Fracasse
Le chat noir
Le chien des Baskerville
Le Cid
Le Colonel Chabert
Le Comte de Monte-Cristo
Le dernier jour d'un condamné
Le diable au corps
Le Grand Meaulnes
Le Grand Troupeau
Le Horla
Le jeu de l'amour et du hasard
Le Joueur d'échecs
Le Lion
Le liseur
Le malade imaginaire
Le Mariage de Figaro
Le meilleur des mondes

Le Monde comme il va
Le Parfum
Le Passeur
Le Petit Prince
Le pianiste
Le Prince
Le Roman de la momie
Le Roman de Renart
Le Rouge et le Noir
Le Soleil des Scortas
Le Tartuffe
Le vieux qui lisait des romans d'amour
L'Ecole des Femmes
L'Ecume Des Jours
Les Bonnes
Les Caprices de Marianne
Les cerfs-volants de Kaboul
Les contes de la Bécasse
Les dix petits nègres
Les femmes savantes
Les fourberies de Scapin
Les Justes
Les Lettres Persanes
Les liaisons dangereuses
Les Métamorphoses
Les Mouches
Les Trois mousquetaires
L'étrange cas du Dr Jekyll et de Mr Hyde
L'Ile Au Trésor
L'île des esclaves
L'illusion comique
L'Ingénu
L'Odyssée
L'Ombre du vent
Lorenzaccio
Madame Bovary
Manon Lescaut

Micromégas
Mon ami Frédéric
Mon bel oranger
Nana
Ne tirez pas sur l'oiseau moqueur
Notre-Dame de Paris
Oliver twist
On ne badine pas avec l'amour
Oscar et la dame rose
Pantagruel
Le Misanthrope
Perceval ou le conte du Graal
Phèdre
Ravage
Roméo et Juliette
Ruy Blas
Sa Majesté des Mouches
Si c'est un homme
Stupeur et tremblements
Supplément au voyage de Bougainville
Tanguy
Thérèse Desqueyroux
Thérèse Raquin
Ubu Roi
Un Barrage contre le Pacifique
Un long dimanche de fiançailles
Un secret
Vendredi ou la vie sauvage
Vipère au poing
Voyage au bout de la nuit
Voyage au centre de la terre
Yvain ou le Chevalier au lion
Zadig

À propos de la collection

La série FichesdeLecture.com offre des contenus éducatifs aux étudiants et aux professeurs tels que : des résumés, des analyses littéraires, des questionnaires et des commentaires sur la littérature moderne et classique. Nos documents sont prévus comme des compléments à la lecture des oeuvres originales et aide les étudiants à comprendre la littérature.

Fondé en 2001, notre site FichesdeLectures.com s'est développé très rapidement et propose désormais plus de 2500 documents directement téléchargeables en ligne, devenant ainsi le premier site d'analyses littéraires en ligne de langue française.

FichesdeLecture est partenaire du Ministère de l'Education du Luxembourg depuis 2009.

Plus d'informations sur www.fichesdelecture.com

www.fichesdelecture.com

ISBN: 978-2-511-02843-8

Notes :

www.ingramcontent.com/pod-product-compliance
Lightning Source LLC
LaVergne TN
LVHW052043160826
845678LV00016B/3602

* 9 7 8 2 5 1 1 0 2 8 4 3 8 *